EDMOND ROSTAND

LA DERNIÈRE NUIT DE DON JUAN

POÈME DRAMATIQUE EN DEUX PARTIES
ET UN PROLOGUE

DIXIÈME MILLE

PARIS
LIBRAIRIE CHARPENTIER ET FASQUELLE
EUGÈNE FASQUELLE, ÉDITEUR
11, RUE DE GRENELLE, 11

1921

LA DERNIÈRE NUIT
DE
DON JUAN

ŒUVRES D'EDMOND ROSTAND

Les Musardises. *Édition nouvelle,* **1887-1893,** poésies, 35e mille . . . . 1 vol.

Les Romanesques, comédie en 3 actes, en vers, 67e mille . . . . 1 vol.

La Princesse Lointaine, pièce en 4 actes, en vers, 71e mille . . . . 1 vol.

La Samaritaine, évangile en 3 tableaux, en vers, 61e mille . . . . 1 vol.

Cyrano de Bergerac, comédie héroïque en 5 actes, en vers, 527e mille . . . . 1 vol.

L'Aiglon, drame en 6 actes, en vers, 400e mille. 1 vol.

Chantecler, pièce en 4 actes, en vers, 170e mille. 1 vol.

Le Vol de la Marseillaise, recueil des poèmes écrits pendant la guerre, 25e mille . . . . 1 vol.

La Dernière Nuit de Don Juan, poème dramatique en 2 parties et un prologue . . . . 1 vol.

Chaque volume. **6 75**

Un Soir à Hernani, poésie **1 75**

Discours de réception à l'Académie française **1 75**

EDMOND ROSTAND

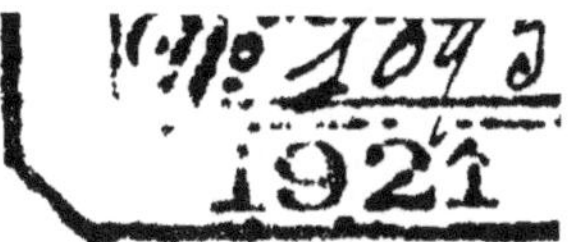

LA DERNIÈRE NUIT DE DON JUAN

POÈME DRAMATIQUE EN DEUX PARTIES
ET UN PROLOGUE

DIXIÈME MILLE

PARIS
Librairie CHARPENTIER et FASQUELLE
EUGÈNE FASQUELLE, ÉDITEUR
11, RUE DE GRENELLE, 11

1921

LA PREMIÈRE ÉDITION

DU PRÉSENT OUVRAGE

se compose de

MILLE EXEMPLAIRES DE LUXE

DÉTAIL DU TIRAGE DE CETTE ÉDITION :

Soixante-quinze exemplaires, numérotés de 1 à 75, sur papier impérial du Japon.

Cent vingt-cinq exemplaires, numérotés de 76 à 200, sur papier de Hollande à la forme.

Huit cents exemplaires, numérotés de 201 à 1000, sur Vélin teinté pur fil Lafuma.

Les deux parties de cette pièce étaient entièrement écrites avant la guerre.

Le prologue, reconstitué sur des brouillons fragmentaires très raturés, ne peut être considéré que comme une ébauche.

On a dû, pour l'intelligence du drame, compléter les indications de scène du texte original. Celles de ces indications qui ne sont pas de la main de l'auteur ont été mises entre deux crochets.

PERSONNAGES

DON JUAN

LA STATUE DU COMMANDEUR

LE DIABLE

LE PAUVRE

SGANARELLE

L'OMBRE BLANCHE

LES MILLE ET TROIS OMBRES

PROLOGUE

PROLOGUE

On ne voit rien qu'un étroit escalier vaguement éclairé, dont la spirale se perd en haut, et qui s'enfonce dans un gouffre. Un reflet vert et sulfureux éclabousse les marches du bas.

Au lever du rideau, la Statue du Commandeur apparaît, descendant d'un pas pesant. Elle tient par le bras Don Juan, magnifiquement calme.

DON JUAN.

Lâchez-moi le poignet, je descendrai tout seul.

[Il récite un nom à chaque marche.]

Ninon... Laure... Agnès... Jeanne...

[On entend les plaintes d'un chien. Don Juan écoute.]

Ah! tiens, mon épagneul
Qui me pleure. C'était une admirable bête,
Monsieur.

[Il continue à descendre.]

Armande... Elvire...

[Il s'arrête.]

Ah! souffrez qu'on s'arrête
Et, seigneur Commandeur, que, prêtant, s'il vous plaît,
Une oreille à la voix du fidèle valet
Qui me tenait là-haut tant d'honnêtes langages,
Je connaisse le cri de sa douleur.

LA VOIX DE SGANARELLE, [d'en haut.]

Mes gages!

DON JUAN, [à la Statue.]

Pourrais-je remonter, monsieur, quelques instants,
Pour lui payer ce que je lui dois?

LA STATUE.

Oui. J'attends.

DON JUAN.

Mille grâces.

[Il remonte l'escalier.]

LA STATUE, [seule.]

Reviendra-t-il?

DON JUAN, [redescendant.]

Là, je suis quitte.
Il a le coup de pied dans le cul qu'il mérite.

LA STATUE.

Vous êtes revenu?

DON JUAN.

Cela m'a fait du bien.
Ah! J'en brûlerai mieux.

LA STATUE.

Vous n'avez peur de rien,
Don Juan. Et mon vieux cœur de porteur de cuirasse
Est sensible au courage. Allons, je vous fais grâce.
Remontez.

DON JUAN.

Il fallait me le dire plus tôt.
Mais je me sens happé par le bas du manteau.
Sur l'ourlet de brocart une griffe se pose.
Il est trop tard.

[A l'énorme Griffe qui vient, en effet, de saisir le bord du manteau.]

Monsieur le Diable, je suppose?

[Un coq chante au loin.]

LA STATUE.

Don Juan, le jour va poindre, et ce cri de métal
M'oblige à regagner déjà mon piédestal.
Tâchez de vous tirer de cette Griffe.

[La Statue remonte.]

DON JUAN.

Certe.
Mais veuillez, en sortant, laisser la tombe ouverte.

[Tirant doucement sur son manteau.]

Causons, Griffe. Il n'est pas, au fond, pour vous fâcher
Que cet excellent marbre ait daigné me lâcher.
Accordez-moi cinq ans? ou dix? Dix, je préfère.
Il me reste là-haut pas mal de mal à faire.
Ah! cela vous décide? Entre nous, convenons
Que je n'ai sur ma liste, encor, que peu de noms.
C'est la peine avec moi, Griffe, de faire un pacte.
Je suis celui qui fait le plus commettre l'Acte,
Le meilleur rabatteur de votre chasse. Et puis,
— Allons, voyons, laissez ce manteau! — moi, je suis
Autre chose qu'un docteur Faust, qui ne demande
Qu'une bonne petite ouvrière allemande,
Et qui, navré d'avoir, le sot, fait un enfant,
Appelle au dénouement l'Ange qui le défend!
Les doigts du spectre au bras m'ont marqué de cinq flamı
J'aimerais bien montrer ce tatouage aux femmes!
Lâchez ce bout de drap, Seigneur! et j'irai loin.
Plus d'un sommeil d'Infante espagnole a besoin
Que j'aille le troubler dans son blanc moustiquaire.
Étant le corrupteur, je suis votre vicaire.

Mais lâchez donc !

[La Griffe se desserre et se retire.]

Enfin ! Dix ans sont suffisants.

Votre Grâce viendra me chercher dans dix ans.

Qu'elle compte sur moi : moi, je compte sur elle.

[Il remonte l'escalier, en récitant, de marche en marche :]

Rose... Lise... Angélique... Armande...

[Et sa voix se perd. Il disparaît. Après un moment, on l'entend qui crie :]

Hep ! Sganarelle !

PREMIÈRE PARTIE

PREMIÈRE PARTIE

[Dix ans après. Un palais à Venise. Une grande salle ouverte sur l'Adriatique, où plongent des degrés de marbre. Au milieu, une table servie, éclairée par des flambeaux.]

SCÈNE PREMIÈRE

DON JUAN, SGANARELLE

DON JUAN.

Arabella... Lucinde... Isabelle... Isabeau...

SGANARELLE.

Les dix ans sont passés, monsieur.

DON JUAN.

Comme il fait beau!
Je viens du Grand Canal.

SGANARELLE.

Ah?

DON JUAN.

Sur l'eau rose et brune,
Chaque bateau traîne un tapis, et la lagune,
Comme une Putiphar qui voit fuir un manteau,
Semble par son tapis retenir le bateau.
Mais, dans ce coin désert, l'eau verte et plus sournoise
Sommeille sous un ciel de soufre et de turquoise,
Comme, avant mon passage, une glauque vertu.
J'ai toujours eu le goût de l'eau qui dort. Sais-tu
Pourquoi l'Adriatique à ce point m'intéresse?

SGANARELLE.

Non.

DON JUAN.

Elle est mariée.

SGANARELLE.

Ah?

DON JUAN.

Elle est Dogaresse.
Le Doge est son mari; moi, je suis son amant.
C'est moi qui te comprends, Lagune!

SGANARELLE.

Évidemment!

DON JUAN.

Je veux, pour qu'avec moi cette onde se débauche,
Lui jeter une bague, aussi... de la main gauche!

[Il lance la bague dans la mer.]

SGANARELLE, avec effroi.

Le rubis?

DON JUAN.

Non. L'anneau de verre

SGANARELLE.

Ah?

DON JUAN.

Oui.

SGANARELLE.

Le sien?...
Celui de?... Mais alors?...

DON JUAN.

Oui.

SGANARELLE.

Fini?... Vieux?... Ancien?...

DON JUAN.

Venise!... Ah! la cité du fragile, c'est elle.
La colonne est en stuc, la pierre est en dentelle,

Le mur est en miroir, et la rue est en eau!
Et lorsque deux amants échangent un anneau,
Cet anneau, Sganarelle, a l'esprit d'être en verre!

SGANARELLE.

Les dix ans sont passés, et vous...

DON JUAN.

Je persévère.

SGANARELLE.

Ce soir?

DON JUAN.

Bal.

SGANARELLE.

Vous rentrez?

DON JUAN.

Non. Plus fort qu'Annibal,
Je profite de la victoire... après le bal!

SGANARELLE.

Monsieur, si l'heure vient, tant de belle insolence...

[Une horloge sonne.]

DON JUAN.

Quand on parle de l'heure, elle sonne.

SGANARELLE.

Oh!

DON JUAN.

Silence!
Du campanile écoutons-la se détacher.

SGANARELLE.

Le plaisir d'appeler campanile un clocher
Vaut-il que sous ce ciel, monsieur, on s'éternise?

DON JUAN.

J'aime les souliers blancs des filles de Venise,
Et, pour entremetteur, d'avoir un gondolier
Qui chante, fait des vers et devient familier.
Les dames de Venise usent d'un bain de cèdre
Qui mettrait Hippolyte à la merci de Phèdre!
Venise est un endroit rempli d'occasions,
De régates, de bals... et de processions.
J'aime Venise! Et puis, son lion me ressemble,
Au pied duquel un vol de colombes s'assemble,
Et qui renonce, avec un grand dédain amer,
Pour régner sur l'amour, à régner sur la mer!
Oui, comme toi, voulant, Cité folle et profonde,
Vivre sur mon reflet, j'ai bâti sur de l'onde!

SGANARELLE.

Cette ville est mortelle.

DON JUAN.

Et quand vous le seriez,
Ville où viennent finir tous les aventuriers
Qui veulent en mourant briser le plus beau verre,
Je me refuse à fuir sous un ciel plus sévère.
Une ville d'amour a vu mon premier jour,
Mon dernier jour doit voir une ville d'amour.
Une seule épitaphe est à Don Juan permise :
« Il naquit à Séville et mourut à Venise! »
Ce que j'en dis, d'ailleurs, n'est que pour t'effrayer :
J'estime que le Diable a dû nous oublier!

SGANARELLE.

Nous!

DON JUAN.

Non, tu n'en es pas, c'est vrai. Toi, tu hérites!

SGANARELLE.

Ah! de quoi?

DON JUAN.

De m'avoir approché. Tes mérites
Prendront près des seigneurs un poids plus concluant

Quand tu diras : « Je sors de chez monsieur Don Juan ! »
Quant aux dames...

SGANARELLE.

Quoi donc?

DON JUAN.

Ne crains pas les détresses :
Tu trouveras toujours un maître... et des maîtresses.

SGANARELLE.

Des?...

DON JUAN.

Oui, mon cher. La femme, adorant mon reflet,
Quand Don Juan n'est pas là couche avec son valet !
Bon comptable indigné des cœurs que j'ai fait battre,
Quel chiffre? Mille et...

SGANARELLE.

Trois. N'atteignons pas le quatre.

DON JUAN.

Je n'ai jamais été plus dispos et plus frais.
J'ai, pour mes billets doux cherchant quelques coffrets,
Été voir les doreurs travailler dans leur bouge ;
Et je me sens, ce soir, un cœur de laque rouge,
Avec des Chinois d'or dessus, comme ils en font.

Soupons! Tout est en or! Je vois ma vie au fond...
On dore tout ici, jusqu'aux écailles d'huître!
Qui nous dit que le Diable existe encor, bélître?
Il est fini, disait déjà Tertullien!
Je vois ma vie, au fond d'un parc italien,
Choir d'amour en amour comme de vasque en vasque!
Tu me prépareras mon épée et mon masque.
L'avenir m'appartient. Je vais...

UNE VOIX, très loin.

Burattini!

DON JUAN.

Ces vieux cris de Venise ont un charme infini!

LA VOIX, [se rapprochant.]

Burattini!

DON JUAN.

La voix se traîne dans l'espace.

SGANARELLE, [allant regarder à une fenêtre.]

C'est le montreur de marionnettes qui passe.

DON JUAN.

Fais-le monter.

SGANARELLE, [faisant des signes au Montreur.]

Le vieux du quai des Esclavons.

DON JUAN.

Pulcinella! C'est lui! Ça y est! Nous l'avons!
Je vais souper en regardant Polichinelle,
Comme Trimalcion devant le pantin frêle
Qu'il regardait danser en suçant un noyau.

[Entre le Montreur, portant son attirail.]

SCÈNE II

DON JUAN. SGANARELLE, LE MONTREUR DE MARIONNETTES.

LE MONTREUR, obséquieux, s'inclinant.

Burattini... Li far ballar...

Montrant un parchemin.

Privileggio...

SGANARELLE.

Quatre montants de bois, un vieux sac, un vieux store...

LE MONTREUR.

Casteletto. Permis de l'instaurer?

DON JUAN.

Instaure.

D'où es-tu?

LE MONTREUR, [installant son petit théâtre.]

De partout. J'ai voyagé partout.
Connu des écrivains. Des artistes. Beaucoup.
J'avais pour spectateur monsieur Bayle en Hollande.

DON JUAN.

J'ai voyagé moi-même ainsi qu'une légende.
Théâtre où j'apprenais la vie et le bâton,
Vous avez toujours l'air, avec votre fronton,
D'un petit temple grec monté sur des échasses.
L'enfance!

[Au Montreur.]

J'aimerais que tu te rapprochasses.

[Puis se parlant à lui-même.]

Je crois revoir encor, pour tendre un gobelet,
— « N'oubliez pas Polichinelle, s'il vous plaît! » —
Le montreur soulever cette toile éternelle...

A Sganarelle

Va-t'en. Laisse-moi seul avec Polichinelle.

[Sganarelle sort. Le Montreur entre dans le guignol, où l'on verra paraître tour à tour ses marionnettes.]

SCÈNE III

DON JUAN, LE MONTREUR.

LA MARIONNETTE DE POLICHINELLE, (surgissant dans le guignol.

Raoutaoutaou!... Raoutaoutaou!...

DON JUAN.

Ah! c'est lui! le voilà!

LA MARIONNETTE DE POLICHINELLE.

C'est moi Pul! c'est moi ci! c'est moi nel! c'est moi la!
C'est moi cognant mon nez à toutes les coulisses!

DON JUAN.

Ah! ce théâtre-là fit toujours mes délices!
Pourquoi te cognes-tu?

LA MARIONNETTE DE POLICHINELLE.

Pourquoi se cogne-t-on?
Parlant du nez pour imiter le mirliton,
Et frappant de grands coups pour imiter la gloire,
Je chante un air qu'en France on m'apprit à la foire.

[Il chante.]

« C'est moi le fameux Mignolet.
Général des Espagnolets,
Qui fais trembler toutes les femmes! »

DON JUAN, levant une coupe et chantant.

C'est moi le fameux Burlador,
Qui porte à sa ceinture d'or
Le trousseau des clefs de leurs âmes!

S'interrompant, à Polichinelle.

Je fais aussi des vers!

LA MARIONNETTE DE POLICHINELLE.

Et chevillés, encor!

DON JUAN.

Apprends que les beaux vers comme les belles filles
Peuvent négligemment laisser voir leurs chevilles!

LA MARIONNETTE DE POLICHINELLE.

Tu dis toujours le mot qui sent un peu la chair,
Don Juan!

DON JUAN.

Tu sais mon nom?

LA MARIONNETTE DE POLICHINELLE.

Oui, confrère!

DON JUAN, un peu choqué.

Oh! mon cher,
En quoi confrère?

LA MARIONNETTE DE POLICHINELLE.

En paillardise!

DON JUAN, l'imitant.

En paillardise?
Tu dis toujours les mots qu'il ne faut pas qu'on dise,
Pulcinella!

LA MARIONNETTE DE POLICHINELLE.

Je suis plus rouge et toi plus fat :
Mais nous serons pareils le jour de Josaphat!

DON JUAN.

Drôle!

Polichinelle sonne.

Que sonnes-tu?

LA MARIONNETTE DE POLICHINELLE.

Mais l'heure solennelle
Qui confronte Don Juan avec Polichinelle!

DON JUAN.

Alors, vous me traitez de...

LA MARIONNETTE DE POLICHINELLE.

Pour être poli,
Ne disons pas Poli... chinelle, mais Poly...
Game!

DON JUAN.

Et, pour être exact, disons myriagame!
Et rends-moi mon enfance en nasillant ta gamme!

LA MARIONNETTE DE POLICHINELLE.

Do, ré, mi, fa, sol...

DON JUAN.

Oui...

LA MARIONNETTE DE POLICHINELLE.

Marchand de parasol!

DON JUAN, [se souvenant.]

Je revois un petit garçon pâle, au grand col,
Pâle d'être à Guignol auprès...

LA MARIONNETTE DE POLICHINELLE.

De qui?

DON JUAN.

Des filles,
Dont le rire absolvait toutes tes peccadilles!

LA MARIONNETTE DE POLICHINELLE.

Do, ré, mi...

LA MARIONNETTE DE CASSANDRE, [apparaissant dans le guignol]

Tu m'as pris ma fille, suborneur!

LA MARIONNETTE DE POLICHINELLE.

Vous m'ennuyez!

Il le tue.

DON JUAN.

C'était déjà le Commandeur!

LA MARIONNETTE DE POLICHINELLE.

J'aime Charlotte!

LA MARIONNETTE DE PIERROT, [apparaissant dans le guignol.]

Elle est à moi!

LA MARIONNETTE DE POLICHINELLE.

Mais il m'ennuie!

Marchand de parapluie!

Il le tue.

Il faut vivre sa vie!

UN CHIEN, [apparaissant dans le guignol et sautant à la tête de Polichinelle.]

Ouah!

LA MARIONNETTE DE POLICHINELLE.

Ce chien vit sa vie : il m'a mangé le nez !

DON JUAN.

Ah! comme elles riaient de tous les coups donnés
Sur les Pierrot naïfs et les Cassandre probes!

LA MARIONNETTE DE POLICHINELLE.

Qui?

DON JUAN.

Les filles. J'étais assis entre leurs robes.
Leur beauté m'étonnait.

LA MARIONNETTE DE POLICHINELLE.

Leurs mollets étaient nus?

DON JUAN.

Tais-toi!

LA MARIONNETTE DE POLICHINELLE.

Car la beauté, moi, tu sais!... Je connus
Le philosophe Bayle à Rotterdam. Ce Bayle
N'était même plus sûr qu'Hélène eût été belle.

DON JUAN.

Le cuistre! La beauté d'Hélène! Cuistre impur!
La seule chose au monde, encor, dont je sois sûr!
Hélène! Hélène! où donc est-elle, que je parte?

[Une Poupée apparaît dans le guignol : il pousse un cri.]

Oh!

LA MARIONNETTE DE POLICHINELLE.

Déjà de retour de ton voyage à Sparte?

DON JUAN.

Hélas! sous le ciel gris de ce siècle étouffant,
La grande Hélène est morte!

[Contemplant avec admiration la Poupée.]

Oh! la jolie enfant!
Quoi! cet astre éclatant sur cette obscure scène?

LA MARIONNETTE DE POLICHINELLE.

Car pour le consoler de la perte d'Hélène
Il suffit d'une bûche avec des cheveux blonds!
Vous voyez bien, Signor, que nous nous ressemblons!

A la Poupée.

Je t'aime!

DON JUAN.

Nous n'avons pas le même système!

LA MARIONNETTE DE POLICHINELLE, [à Don Juan.]

Plaît-il?

DON JUAN.

On est brûlé quand on a dit : « Je t'aime! »

LA MARIONNETTE DE POLICHINELLE.

Comment faut-il agir?

DON JUAN.

Ni trop tôt, ni trop tard!
Ah! voyons, séduis-la...

LA MARIONNETTE DE POLICHINELLE.

Que faire?

DON JUAN.

C'est un art.

LA MARIONNETTE DE POLICHINELLE.

Du pied?

DON JUAN.

C'est trop serin!

LA MARIONNETTE DE POLICHINELLE.

Ou de l'œil?

DON JUAN.

C'est trop carpe!

LA MARIONNETTE DE POLICHINELLE.

De quoi dois-je avoir l'air?

DON JUAN.

D'un gouffre!

LA MARIONNETTE DE POLICHINELLE.

Je m'escarpe!

DON JUAN.

Elle attend. Elle sent qu'on va l'avoir. On l'a.
Et l'on regarde ailleurs...

LA MARIONNETTE DE POLICHINELLE.

Ah ! oui, comme cela?

DON JUAN.

Un silence effrayant, c'est mon système. On trompe
Sans mentir, comme fait l'horizon.

LA MARIONNETTE DE POLICHINELLE.

Je m'estompe!

DON JUAN.

Et la femme s'embarque. Ah! goûtons ce moment
Où la planche qu'il faut à tout embarquement
Tremble à cause du pas qui se pose sur elle...
Car la barque jamais ne vaut la passerelle!

LA MARIONNETTE DE POLICHINELLE.

Ça ne vient pas.

DON JUAN.

Que vas-tu faire maintenant?

LA MARIONNETTE DE POLICHINELLE.

Si je lui faisais lire un livre inconvenant?

DON JUAN.

La devoir à Boccace ou bien à Straparole?
J'aurais l'horreur de ça!

LA MARIONNETTE DE POLICHINELLE, [à la Poupée.]

Charlotte, une parole?
Non?

Il la frappe.

Pan!

DON JUAN.

Nous différons encor dans les moyens.
On ne bat pas la femme, on la fait souffrir.

LA POUPÉE, [intéressée, à Don Juan.]

Tiens?
Comment?

LA MARIONNETTE DE POLICHINELLE, [à Don Juan.]

Toi, tu veux plaire à ma marionnette...

Il frappe encore la Poupée.

Elle est honnête! Elle est honnête! Elle est honnête!

DON JUAN.

Elle est morte!

LA MARIONNETTE DE POLICHINELLE.

C'est ce que je disais !

[Lançant le corps de la Poupée en l'air.]

Hop là !

DON JUAN.

Alors, le Diable vient ?

LA MARIONNETTE DE POLICHINELLE.

Non, le guet.

DON JUAN.

Coupons la
Scène du guet.

LA MARIONNETTE DE POLICHINELLE.

Couper cette admirable scène ?
Soit ! Le juge !

DON JUAN.

Coupons !

LA MARIONNETTE DE POLICHINELLE.

Cette scène où j'assène ?...
Soit ! Le bourreau !

DON JUAN.

Coupons !

LA MARIONNETTE DE POLICHINELLE.

Oh ! si l'on coupe tout !

DON JUAN.

Selon l'heure, on adapte un chef-d'œuvre à son goût ;
Et, ce soir, — le surplus me semble expédiable, —
J'aimerais voir quelqu'un emporté par le Diable !

LA MARIONNETTE DE POLICHINELLE.

Ce soir ?

Il agite sa cloche.

DON JUAN.

Que sonnes-tu ?

LA MARIONNETTE DE POLICHINELLE.

L'heure du loup-garou !

Tremblant.

J'ai peur... Je sens qu'il vient... Il va venir...

DON JUAN.

Par où ?

Par derrière... Pourquoi retournes-tu la tête ?

LA MARIONNETTE DU DIABLE. [apparaissant dans le guignol.]

Crrrrr ! ..

LA MARIONNETTE DE POLICHINELLE, [tapant sur le Diable.]

Pan! — Tiens! mon bâton s'est cassé! Sale bête

[Le Diable a disparu.]

DON JUAN.

Tu changes de bâton?

LA MARIONNETTE DU DIABLE, [reparaissant.]

Crrrrr!

LA MARIONNETTE DE POLICHINELLE, [tapant de nouveau.]

Pan! C'est inouï!

[Le Diable a disparu encore.]

DON JUAN.

On ne bat pas le Diable!

LA MARIONNETTE DE POLICHINELLE.

On le fait souffrir?

DON JUAN.

Oui.

LA MARIONNETTE DU DIABLE, reparaissant.

Tiens! comment?

DON JUAN.

Tu verras quand tu seras grand.

LA MARIONNETTE DU DIABLE.

Peste !

LA MARIONNETTE DE POLICHINELLE, [tapant à tour de bras sur le petit Diable.]

Pan ! un autre bâton !... Pan ! un autre... Pan !...

DON JUAN.

Reste

Calme !

LA MARIONNETTE DE POLICHINELLE.

C'est que j'ai peur !

DON JUAN.

Sans peur et sans remord...

LA MARIONNETTE DU DIABLE.

Il faut vivre sa vie...

DON JUAN.

Il faut mourir sa mort !

LA MARIONNETTE DE POLICHINELLE.

Il m'emporte ! à quoi bon être brave ? Je miaule !

DON JUAN, [au petit Diable.]

Alors, vous l'emportez comme ça sur l'épaule ?

LA MARIONNETTE DU DIABLE.

N'est-ce pas que c'est effrayant?

DON JUAN.

C'est curieux.

Mais comme il se tient mal!

LA MARIONNETTE DU DIABLE.

Toi, tu te tiendrais mieux?

DON JUAN.

Oui.

LA MARIONNETTE DU DIABLE.

Toi, tu me ferais souffrir?

DON JUAN.

Oui. Ça te navre?

LA MARIONNETTE DU DIABLE, [changeant tout à coup de voix.]

Ça m'intrigue. Je pose un instant mon cadavre.
Je voudrais bien savoir, mon cher, par quel moyen...

DON JUAN.

Tiens!... et ça t'a coupé l'accent italien?

LA MARIONNETTE DU DIABLE.

...Tu me ferais souffrir?

DON JUAN.

Tu sais bien que tu souffres
Quand tu suspens un être au-dessus de tes gouffres
Sans qu'il pâlisse! Quand tu l'emportes, tu veux
Qu'il se fasse traîner longtemps par les cheveux
Et s'accroche à tous les piliers du péristyle!
Tes cornes, sur le feu que ton mufle ventile,
Ne veulent secouer qu'un lutteur décousu...
Moi, quand tu m'auras pris, tu ne m'auras pas eu!

LA MARIONNETTE DU DIABLE.

Pas eu? J'aime « pas eu »!

DON JUAN.

Pour m'avoir, mon bonhomme
Il faudrait m'avoir fou, rageant, et hurlant comme
Ce pitre! Ou bien l'œil clos, pâle, le souffle à bout,
Gisant... comme j'avais les femmes! Mais, debout,
On ne m'a pas! Je ris sous la porte où le Dante
N'a pas gravé pour moi sa phrase intimidante,
Car j'ai des souvenirs plus brûlants que tes crocs!
Seulement, moi, c'est moi!

LA MARIONNETTE DU DIABLE.

C'est-à-dire?

DON JUAN.

Un héros!
Fils des Conquistadors, la Femme est ma Floride.
Car, aussi brave qu'eux, j'ai voulu, plus avide,
Voir, de l'Inde où je suis, toujours, l'Inde où j'irai!
Ceux qui croient qu'en mourant je me repentirai
Ne m'ont pas regardé quand je sors d'une alcôve.
Je suis le monstre avec une âme, Archange fauve
Qui laisse vivre encor son aile de déchu!
Si, quand je passe, un souffle agite le fichu,
C'est que je n'ai pas fait comme Polichinelle
Qui porte dans son dos le cercueil de son aile!

LA MARIONNETTE DU DIABLE.

Alors, tu n'as pas peur?

DON JUAN.

Ni de toi, ni des tiens!

LA MARIONNETTE DU DIABLE.

Les flammes?

DON JUAN.

J'en fournis!

LA MARIONNETTE DU DIABLE.

Et les cornes?

DON JUAN.

J'en tiens

Les plus braves ont peur; le maréchal Trivulce
Devant un diablotin en mourant se convulse;
Mais moi, je n'ai jamais tremblé que de désir.

LA MARIONNETTE DU DIABLE.

Toi, tu me supplieras de ne pas te saisir!
Je ne t'emporterai que vaincu.

DON JUAN.

Prends-en note :

Je suis sauvé!

LA MARIONNETTE DU DIABLE, [tendant sa petite main en dehors du guignol.]

Topons!

DON JUAN.

Tope dans ta menotte!

LA MARIONNETTE DU DIABLE.

Et tope dans ta main!

La marionnette du Diable disparaît.]

DON JUAN.

Qu'est-ce que je fais là?
Et d'où vient qu'ayant bu si peu de Marsala,

Et quand déjà du bal l'heure charmante approche,
Je me laisse...

[On entend une cloche dans le guignol.]

Pourquoi sonne-t-il cette cloche?
D'où vient...

[Un fanal s'éteint sur la mer.]

— Et ce fanal, pourquoi s'est-il éteint? —
... Que je me laisse aller à dire à ce pantin
Des choses qu'à personne encor je n'avais dites?
Allons! c'est un couplet, Don Juan, que vous perdîtes!
Et l'heure...

[A ce moment, le Montreur sort du guignol. Mais il a rejeté son costume de montreur, qui n'était qu'un déguisement. Il est le Diable lui-même.]

Ah! c'était toi? Je comprends mon couplet!

SCÈNE IV

DON JUAN, LE DIABLE.

LE DIABLE.

N'oubliez pas Polichinelle, s'il vous plaît!

DON JUAN.

Mais ce qu'il faut, ce soir, mettre dans ta sébile?...

LE DIABLE.

C'est votre âme!

DON JUAN.

Adieu donc, vous, la *donna mobile*!

LE DIABLE.

Le vieux montreur, signor, je suis le vieux montreur!
J'emporte dans mon sac un juge, un empereur,
Trois gueux; j'ai, profitant de leurs apoplexies,
Rafflé deux sénateurs sous les Procuraties.
Venez-vous dans mon sac?

DON JUAN.

Non. Je peux marcher droit!

LE DIABLE.

Le vieux montreur, signor... En enfer!

DON JUAN.

Maladroit!
La cruauté, c'était de ne pas venir vite.
Naïf qui vient parler d'enfer, et qui m'évite
Le seul devant lequel Don Juan eût défailli!

LE DIABLE.

Oh! non, je te connais, tu n'aurais pas vieilli.

DON JUAN.

Si vous ôtiez vos gants à griffes de panthère
Pour souper avec moi, puisque, ce soir, j'enterre
Ma vie?...

LE DIABLE.

Oui... de garçon. Deux fauteuils de velours?

DON JUAN.

Toujours!

LE DIABLE.

Et deux couverts?

DON JUAN.

Toujours. J'attends toujours
Le Diable... ou Cléopâtre arrivant de Bubaste.
Quand c'est la Reine, *all right* ! quand c'est le Diable, baste!

On entend une musique.

Et mon orchestre au loin...

LE DIABLE.

Toujours?

DON JUAN.

Toujours! Pas laid?

LE DIABLE.

Partons!

DON JUAN.

Ah !... mon manteau... hein ?...

LE DIABLE.

Superbe.

DON JUAN.

Il fallait.

Très important, tout ça. — Nous partons ? — Hein, la manche.
C'est un peu mieux coupé que par monsieur Dimanche ?
Votre gondole est là ?

Il appelle.

Le gondolier Caron ?
Car c'est toujours Caron, j'espère ?

LE DIABLE.

Fanfaron !

DON JUAN.

Oui, je suis un très grand fanfaron.

LE DIABLE.

Le beau sexe
L'exigeait...

DON JUAN.

Partons-nous ?

LE DIABLE.

Pas encore.

DON JUAN.

Il vous vexe
De m'emporter léger ?

LE DIABLE.

Soupons !

[Ils se mettent tous les deux à table.]

DON JUAN.

Espérez-vous
Que j'aurai le vin triste ?

LE DIABLE.

On verra.

DON JUAN.

Sec ou doux ?

LE DIABLE.

Sec !

DON JUAN.

Comment trouvez-vous la table avec les roses ?
C'est un peu mon métier d'organiser ces choses.

LE DIABLE.

Très important aussi ?

DON JUAN.

Oh ! voyons ! le décor !
Les meubles sont du Brustolone.

LE DIABLE

Ah ! c'est encor ?...

DON JUAN.

Voyons, le bibelot... il encombre Cythère !

LE DIABLE

Vous êtes tapissier ?

DON JUAN.

Pour chambres d'adultère !
Et comment trouvez-vous le menu ?

LE DIABLE.

Cuisinier ?

DON JUAN.

Oh ! voyons !... qui pourrait l'importance nier
Du jus dont on arrose et du lard dont on barde
Le lièvre romagnol et la caille lombarde ?
Il faut se cuisiner soi-même pour l'amour !
On se met l'art et la littérature autour.
Les femmes ne sont pas si bêtes que l'on pense.

Elles savent très bien faire la différence,
Et que c'est bien meilleur avec un...

LE DIABLE.

Tapissier,
Chef d'orchestre, tailleur, cuisinier?...

DON JUAN.

Dame! il sied
Que la faute chatoie, intéresse et rutile!
Pourquoi donc es-tu noir, au fait? C'est inutile.
C'est un peu bête.

LE DIABLE.

Ah! oui?

DON JUAN.

Qu'est-ce qui t'a fait ça?

LE DIABLE.

L'encrier que Luther à ma tête lança!

DON JUAN.

Je t'aimais mieux en vert.

LE DIABLE.

Tu m'as vu?

DON JUAN.

L'Éden! Ève!

LE DIABLE.

Tu m'as?...

DON JUAN.

J'étais Adam!

LE DIABLE.

Tu t'en souviens?

DON JUAN.

En rêve.

Je crois nous voir encor sous le pommier bossu.
Quel est ce grand secret qu'alors nous avons su?
Nul ne l'a jamais dit... J'étais le premier homme.
Je mordais dans la pomme... et je vis, dans la pomme,
Souple et blanc, — comme toi, dans l'arbre, souple et vert, -
Onduler ton affreux diminutif...

LE DIABLE.

Le ver?

DON JUAN.

Je crache! et tu me dis : « Dans une autre il faut mordre. »
Je vois dans l'autre fruit le même ver se tordre;
Je crache! Tu dis : « Mords dans les autres! » Je mords :
Un ver! Je mords : un ver! Je mords : un ver! Alors :
« Tout beau fruit, nous dis-tu, n'est qu'un ver qui se cache.

Voilà ce grand secret qu'il ne faut pas qu'on sache.
Essayez maintenant de vivre en le sachant! »

LE DIABLE.

Essayez!

DON JUAN.

Nous avons réussi sur-le-champ.
Le feuillage où, depuis, la Femme se dérobe,
Nous octroya le vice en nous donnant la robe,
Et le moyen par nous fut bientôt découvert
D'oublier un instant que tout contient un ver!

LE DIABLE.

De là Don Juan.

DON JUAN.

De là le héros qui se venge
Et crie en s'éloignant : « Lève ton glaive, Archange,
Pour garder le jardin du maître généreux
Qui nous a fait cadeau d'un arbre aux fruits véreux;
Quant à moi, j'y renonce, et, lâchant avec joie
L'échelle de Jacob pour l'échelle de soie,
Je ris du Paradis qu'aux purs vous réservez,
Car, pour un de perdu, mille de retrouvés! »

LE DIABLE.

Mille et trois ! — Je ne suis pas très enthousiaste
D'une explication qui sent l'Ecclésiaste !

DON JUAN.

Oui, puisque tout n'est rien...

LE DIABLE.

Tâchons qu'un rien soit tout !

DON JUAN.

J'ai su créer un fruit du plus sublime goût !

LE DIABLE.

Alors, le ciel ?

DON JUAN.

Quand je m'empare d'un visage,
Je réduis dans les yeux le ciel à mon usage !

LE DIABLE.

La vérité ?

DON JUAN.

Sortant d'un puits de falbala,
C'est la femme !

LE DIABLE

La gloire ?

DON JUAN.

Il n'en est qu'une : la
Seule Victoire qui, sans fiction verbale,
Vienne vraiment chez nous dénouer sa sandale!

LE DIABLE [se lève, la main posée sur l'épaule de Don Juan.]

Et je t'emporte donc, ravi d'avoir été ?...

DON JUAN, [se levant aussi.]

Le seul héros qu'admire au fond l'humanité!
Mais lis leurs livres! vois leurs drames! tout l'atteste!
Vois de quel œil luisant la vertu me déteste!
Qu'attendent du pouvoir tant d'hommes plats et lourds
Que se croire un instant ce que je suis toujours?
Vois avec quelle ardeur d'exégèse et d'envie
Le nez des professeurs s'est fourré dans ma vie!
Qui n'admire en secret que j'ose le baiser
Qu'il s'est senti trop lâche ou trop laid pour oser?
Je suis leur nostalgie à tous! Il n'est pas d'œuvre
— Malgré ton sifflotis d'ancienne couleuvre, —
Il n'est pas de vertu, de science ou de foi
Qui ne soit le regret de ne pas être moi!

LE DIABLE.

Que va-t-il t'en rester?

DON JUAN.

Ce qui reste à la cendr
D'Alexandre : elle sait qu'elle fut Alexandre
Mais puisque j'ai moi-même été tous mes soldats,
Moi, j'ai moi-même possédé !

LE DIABLE.

Tu possédas?
Posséder, c'est leur mot. Mais, cher immoraliste,
Qu'as-tu donc possédé?

DON JUAN, appelant,

Sganarelle !...

SCÈNE V

DON JUAN, LE DIABLE, SGANARELLE

DON JUAN, [à Sganarelle qui entre.]

Ma liste !

SGANARELLE, [épouvanté à la vue du Diable.]

Oh !

DON JUAN.

Oui. Prends le rubis. Et pars.

SGANARELLE, [au Diable.]

Vade retro !

[A Don Juan, en lui remettant la liste.]

Faudra-t-il que je dise à?...

DON JUAN.

Non. Elles sont trop.

[Sganarelle sort.]

SCENE VI

DON JUAN, LE DIABLE

LE DIABLE.

Personne?... Pas un fils?

DON JUAN.

Ce n'était pas la peine.
C'est Staphylus, le fils de l'ivrogne Silène,
Qui, le premier, coupa le vin noir d'un peu d'eau.
Qu'un fils mette de l'eau dans mon vin?... Non. Rideau.
E finita... Bonsoir! — Partons-nous?

LE DIABLE.

Pas encore!
C'est ce mot « posséder » qui me... Non que j'ignore
Ce que le Diable entend par la possession;
Mais l'homme... posséder... posséder!... Hein! si on
Fixait un peu le sens de ce verbe actif?

DON JUAN.

Faune!
Je vois l'obscénité luire dans ton œil jaune!

LE DIABLE.

Dans le plat des grands mots je mets mon pied...

DON JUAN.

De bouc!

LE DIABLE.

« Chacun s'en fut coucher », est-il dit dans Marlbrough :
C'est cela, posséder? Ce n'est pas plus terrible?

DON JUAN.

« Alors, il la connut », est-il dit dans la Bible.
Posséder, c'est connaître! Ah! connaître! ah! savoir!
Et tu vois bien que c'est terrible!

LE DIABLE.

Il faut avoir
Connu pour ?...

DON JUAN.

Posséder !

LE DIABLE.

Et tu les as connues ?

DON JUAN.

J'ai serré contre moi leurs âmes toutes nues.
Pas un ne lisait mieux dans leur jeu ! Qui ? Lauzun ?
Richelieu ?... Des enfants qui me singeaient ! Pas un
Ne leur a fait pétrir, par sa vision claire,
Tant de petits mouchoirs en tampons de colère !
Ah ! je peux déchirer la liste !

LE DIABLE.

Oui, c'est cela,
Déchirons-la !

DON JUAN.

Je sais les noms !

LE DIABLE.

Déchirons-la !

DON JUAN.

Je sais le nom, le jour, la raison, le mensonge !
Tous leurs secrets sont là ! Ma main distraite plonge
Dans tous ces souvenirs d'un soir ou d'un matin,
Et le vainqueur pensif joue avec son butin !
Je t'en raconterai si cela t'intéresse !
Il suffit, pour que tout un être m'apparaisse,
Qu'entre mes dents je mâche un nom, comme une fleur.

LE DIABLE.

Mettons dans ton chapeau les morceaux de ton cœur !

DON JUAN.

Et, tu sais, pas un nom de personne facile
Là-dedans !

LE DIABLE.

Déchirons ! Il faut en faire mille
Et trois...

DON JUAN.

Car je tenais à flairer le remords.

LE DIABLE.

Déchirons !

DON JUAN.

Les lions ne touchent pas aux morts.

Je ne touchais qu'aux chairs qui sentent encor l'âme.
Tiens ! à nous deux, nous déchirons toute la femme !

LE DIABLE.

Je vois que l'alphabet tout entier vous aima,
Depuis A jusqu'à Z...

DON JUAN.

Je tiens le Z... Zulma.
Il reste encor du B. Là... les quatre Brigittes...
C'est fini.

LE DIABLE.

Maintenant...

[D'un geste d'escamoteur, il fait brusquement apparaître un petit violon.]

DON JUAN.

Quoi ! tu prestidigites ?

LE DIABLE.

J'ai toujours dans ma poche un petit violon...
Le vieux montreur est un maître de danse... *et lon*
Lon la !... qui fait tourner jusqu'aux feuilles dormantes...
Chante, toi dont, la nuit, le diable va jouant,
Violon fait du bois dont on fait les amantes,
Sous l'archet fait du bois dont on fait les Don Juan !

Tout en jouant, il parle aux petits morceaux de papier, qui se mettent à frémir mystérieusement.

Dansez, petits débris d'une vie enivrée !
Gavotte...

DON JUAN.

Qu'as-tu donc à danser comme un fol ?

LE DIABLE.

C'est la Gavotte de la Liste Déchirée...
Soulevés par vos noms, palpitez sur le sol !

DON JUAN, *regardant tourner les morceaux de la liste.*

Où vont-ils ? Où vont-ils ?

LE DIABLE.

Je crois qu'ils ont envie
De s'envoler ! Ah ! ah ! Si vous vous envolez,
Papillons que devait devenir cette vie,
Envolez-vous, blancs, blancs, sur la lagune ! allez !...

Les débris ont tourbillonné dans l'air, et, s'éparpillant au loin comme une neige, ils retombent sur l'eau.

Farandole... — Et soudain, sur l'eau qu'un souffle moire.
Chacun des doux morceaux qui porte un nom charmant
Grandit ! grandit ! s'allonge en silhouette noire,
Devient une gondole, et glisse lentement !

A ce moment des gondoles apparaissent sur la lagune.

DON JUAN.

Quelle est cette flottille étrange ?

LE DIABLE.

Barcarolle!
N'étant qu'un bercement, qu'une étreinte et qu'un deuil,
Chacun de tes amours n'était qu'une gondole;
Regarde-le passer, barque, alcôve et cercueil!

DON JUAN.

Oh! comme mes amours vont vite au clair de lune!

LE DIABLE.

Vois-les s'entre-croiser, aigus, sombres, étroits...

DON JUAN.

Des gondoles encore!

LE DIABLE.

Elles sont mille et une!
Elles sont mille et deux! Elles sont mille et trois!
[Aux gondoles, qu'on voit déjà se rapprocher de la terrasse.]
Venez! venez!...

DON JUAN.

Chacune est un astre qui rôde!

LE DIABLE.

... Gondoles dont mon geste est le seul gondolier!
Veux-tu que cette longue au fanal d'émeraude
Dépose son fantôme au bas de l'escalier?

DON JUAN, tressaillant.

Comment?

LE DIABLE.

Dois-je héler le fanal d'améthyste?

DON JUAN.

Ces prestiges flottants ne sont pas vides?

LE DIABLE.

Non.

Chaque gondole, étant un morceau de la liste,
Porte une ombre de femme éclose de son nom!
Toutes sont là! Car, plus puissant que Paracelse,
J'ai dédoublé leur vie ou réveillé leur mort.
Laquelle, se levant des coussins noirs du felse,
Veux-tu voir, sur le quai, poser son soulier d'or?

DON JUAN.

Plusieurs!

LE DIABLE, criant, penché vers l'eau.

Hop! débarquez!

DON JUAN, prenant le candélabre de vermeil, va se poster immobile au haut de l'escalier.

Ils montent, les fantômes!

Des femmes, une à une, apparaissent au haut de l'escalier émergeant de l'ombre.

LE DIABLE.

Tous du grand masque blanc de Venise masqués!

DON JUAN.

Souliers blancs, sur le marbre écrasez des aromes!

Et, posant la girandole, il se jette dans un fauteuil.

LE DIABLE, *gambadant et jouant du violon.*

Hop! débarquez!

UNE OMBRE.

Bonsoir, Don Juan!

LE DIABLE.

Hop! débarquez!

Des femmes, lentement, toutes pareilles, avec le grand manteau, le masque et l'éventail, continuent d'émerger.

DON JUAN.

C'est le débarquement de Cythère!

LE DIABLE, *redescendant, à Don Juan, tout en jouant toujours.*

Et, remarque,
Peint par l'inquiétant Longhi, pas par Watteau!
Il n'est plus là, le doux Watteau, quand on débarque!

DON JUAN.

Les ombres d'argent bleu montent l'escalier d'eau!

LE DIABLE.

Chacune exactement sur l'autre se compose,
Résumant tout l'amour dans son frêle attirail :
Le masque, le manteau, l'éventail et la rose...

DON JUAN.

La rose, le manteau, le masque et l'éventail !

Toute la scène est envahie d'Ombres qui ne cessent de débarquer.

SCÈNE VII

DON JUAN, LE DIABLE, LES MILLE
ET TROIS OMBRES

TOUTES LES OMBRES.

Bonsoir, Don Juan !

DON JUAN, galamment, aux Ombres.

Vous offrirai-je quelque chose ?
Une glace ? un beau fruit ? le plus léger gâteau ?
Et, tout en vous laissant l'éventail et la rose,
Puis-je vous enlever le masque et le manteau ?

LE DIABLE, vivement, et frappant sèchement de l'archet le bois du violon.

Non !

Don Juan se lève, regardant le Diable avec surprise. Celui-ci reprend plus doucement, en saluant :

Mais dans le manteau chacune restant close,
Derrière l'éventail, en trois mots, te fera
Le portrait de son âme en effeuillant sa rose,
Et si tu dis son nom le masque tombera!

UNE OMBRE.

Moi...

Elle continue à l'oreille de Don Juan.

DON JUAN.

Tout bas?

LE DIABLE.

A moins que l'on ne trouve une femme
Pouvant se raconter tout haut!

DON JUAN, caressant la main de l'Ombre.

Vous...

LE DIABLE.

Rien que l'âme!
Pas de chair!

DON JUAN, à l'Ombre.

Chaque fois, un remords régulier?
Vous avez toujours eu la vertu d'escalier,
Lucile!

UNE OMBRE.

Ah! le charmeur!

DON JUAN.

Tu vois que c'est facile!

LA MÊME OMBRE.

Rien qu'en disant: Lucile...

DON JUAN.

Oui, je dis bien: Lucile...

L'OMBRE.

Vous me persuaderiez que je la suis...

DON JUAN.

Quoi?

LA MÊME OMBRE.

Non!

DON JUAN.

Mais...

UNE AUTRE OMBRE.

Moi?...

DON JUAN.

Vous...

[Il veut encore prendre la main de l'Ombre.]

LE DIABLE, lui donnant un coup d'archet sur les doigts.

Pas de chair !

DON JUAN.

Oh ! je sais votre nom !
Vous... vous... vous... Quelle erreur voudrait-on que je fisse ?
Vous... c'est vous, vous savez... soir de feu d'artifice...
Dans la foule on perdit votre mère et son chien...

LA MÊME OMBRE.

Oui, je me tenais mal..

DON JUAN.

Mais je vous tenais bien,
Suzanne !

LA MÊME OMBRE.

Non !

DON JUAN.

Comment ? Mais ces détails...

LE DIABLE.

Sommaires.

DON JUAN.

C'est vrai que dans ma vie il y eut tant de mères,
Tant de chiens et tant de feux d'artifice !...

UNE AUTRE OMBRE.

Moi ?...

DON JUAN.

Vous... vous... vous... vous... Comment ? Déçue un peu ? Pourquoi ?
On ne fait jamais bien l'amour sur une cime :
Votre Altesse toujours fut trop sérénissime !

LA MÊME OMBRE.

Non !

UNE AUTRE OMBRE.

Moi ?...

DON JUAN.

Vous... Bellaggio... Villa des Anthémis...
Miss Ethel...

LA MÊME OMBRE.

Non !

DON JUAN.

Comment ?

LE DIABLE.

Pas plus Ethel... que Miss !

DON JUAN.

Attendez donc... Ce cœur nostalgique, où donc l'ai-je ?...
Ah ! c'est la fille du concierge du collège !

LA MÊME OMBRE.

Non !

UNE AUTRE OMBRE.

Moi ?...

DON JUAN.

Ce cœur crevant comme un œillet trop gros...
Ah ! c'est mon petit soir de course de taureaux,
Conchita !

LA MÊME OMBRE.

Non !

UNE AUTRE OMBRE.

Moi ?...

DON JUAN.

Ah ! cette fois-ci...

LE DIABLE.

Qui est-ce ?

DON JUAN.

Ma tante... qui fut si jalouse de ma nièce !

LA MÊME OMBRE.

Non !

DON JUAN.

Par exemple!

Il écoute une autre Ombre.

Ah! vous... Ce mot vous divulgua :
Démasquez votre nez kalmouck, princesse Olga!

L'OMBRE.

Non!

DON JUAN.

Comment?

UNE AUTRE OMBRE.

Moi?...

DON JUAN.

Lucy... Vous avez lu Brantôme...

LA MÊME OMBRE.

Non...

DON JUAN, la repoussant.

Oh!

LE DIABLE.

Tu ne vas pas m'abîmer un fantôme!

DON JUAN.

On me trompe!

LE DIABLE.

On te dit la vérité.

DON JUAN, prêtant l'oreille à une Ombre.

Eh bien?

Au Diable.

Elle ne me dit rien?

LE DIABLE.

C'est qu'il n'y avait rien!

DON JUAN.

Luce... Anne... Emma... Zoé... Berthe... Emmeline...

LE DIABLE.

Cherche!

UNE AUTRE OMBRE.

Moi?...

DON JUAN.

Vous? Il est tourné... Vous, tendez-moi la perche!
Otez ce masque!

[L'Ombre ôte son masque, et apparaît encore masquée.]

Un autre?

[Et, sans se démasquer, elle ôte successivement plusieurs masques.]

Un autre? Un autre? Elle a
Encor?... toujours?..

LE DIABLE.

Toujours. Elle est de celles-là
Qui pour visage n'ont que des couches de masques.

DON JUAN.

Mais je ne suis pas gris! Le vin est dans les fiasques!
J'ai peur de tous ces yeux qui me regardent droit!
Oh! les yeux, ce n'est pas de la chair, j'y ai droit!
Les yeux vont m'éclairer!.. L'obscurité redouble?
Ils ne sont plus énigmatiques?

LE DIABLE.

Ça te trouble?

DON JUAN.

C'est difficile à reconnaître!

LE DIABLE.

Oui, sans la peau,
Sans les cheveux, et même un peu sans le chapeau!

DON JUAN.

Je ne retrouve pas ces regards de bacchantes!

LE DIABLE.

Les bacchantes n'étaient peut-être pas fréquentes!

DON JUAN.

C'est la première fois qu'il me semble les voir,
Ces yeux simples et grands !

LE DIABLE

C'est qu'elles ont, ce soir,
Avec le vrai regard qui vient de leurs aïeules,
Les yeux qu'elles avaient quand elles étaient seules !

DON JUAN.

Tu mens !

LES OMBRES, [riant.]

Ah ! ah ! ah ! ah !

DON JUAN.

Oui, oui, riez, riez !
Je savais bien enfin que vous vous trahiriez !
On reconnaît la gorge au rire ! et l'on peut dire...
Mais quel rire, ce soir, ont-elles donc ?

LE DIABLE.

Le rire
Qu'entre elles quelquefois peut-être elles ont eu,
Mais qui ne fut jamais d'aucun homme entendu !

DON JUAN.

Non, je le connaissais !

LE DIABLE.

Ah! ah! un être! un être!
Est-ce qu'on le connaît? Est-ce qu'on peut connaître?

DON JUAN.

Il a beau gambader comme un singe, il a beau...
Je les reconnaîtrai... je prendrai le flambeau...

UNE OMBRE.

Ah!

DON JUAN.

Ce rire, là-bas, si méchamment fantasque...
Archangela Tarabotti, la Monégasque!

LA MÊME.

Non!

[De nouvelles Ombres arrivent sans cesse.]

DON JUAN.

Il en vient encor!

LE DIABLE.

Débarquez!

DON JUAN.

Terre et cieux!
J'en connaissais bien une! Allons, donnez vos yeux!

Je vous dis de donner vos yeux!... Non, plus un rire!
Elvire est parmi vous : je l'ai connue, Elvire!

LE DIABLE.

Cherche donc!

DON JUAN.

Je prendrai le grand flambeau doré...

[Il saisit le flambeau.]

LE DIABLE.

Cherche!

DON JUAN.

Et toute la nuit, s'il faut, je scruterai,
Promenant la lumière à hauteur de vos têtes,
Ces deux gouffres étroits au fond desquels vous êtes!

LE DIABLE.

Chante, mon violon...

DON JUAN.

Oh!

LE DIABLE.

Pourquoi ces fureurs?

Cherche!

DON JUAN.

Oui, toute la nuit... Doucement! Mes erreurs
Ne comptent pas. C'est maintenant que je commence.
Ces yeux de drame... Olga?

L'OMBRE.

Non!

DON JUAN, [s'adressant à une autre Ombre.

Ces yeux de romance...
Lucy?

L'OMBRE.

Non!

DON JUAN.

Doucement... Si l'on recommençait?
Ces yeux-là... Doucement... Ces yeux-là... c'est... c'est... c'c

[Et Don Juan, d'Ombre en Ombre, cherche. Le rideau tombe lentement.]

DEUXIÈME PARTIE

DEUXIEME PARTIE

[*Même décor. Le jour commence à poindre. Don Juan, dans la foule des Ombres, cherche toujours en prononçant des noms.*]

SCÈNE PREMIÈRE

DON JUAN, LE DIABLE, LES MILLE ET TROIS OMBRES, puis L'OMBRE BLANCHE

DON JUAN.

. . . .

LE DIABLE.

L'Aurore
Va-t-elle te trouver cherchant la Femme encore,
Diogène de pourpre au flambeau de vermeil?

DON JUAN.

Oh !

Il jette le candélabre.

Et dans tous ces bras j'ai goûté le sommeil !

LE DIABLE.

Oui...

DON JUAN.

J'ai lancé des noms toute la nuit !... et j'erre
D'étrangère...

Il essaie une dernière fois.

Lucile ?

UNE OMBRE.

Non !

DON JUAN.

... en étrangère !
Comme un vol effrayant j'entends s'entre-croiser
Tous ces noms dont pas un ne sait où se poser !
Nous nous sommes aimés, pourtant ?

LES OMBRES.

Nous nous aimâmes !

DON JUAN.

Je suis seul au milieu de la forêt des âmes.
Elles sont toutes là. J'ai cherché ! J'ai cherché !

De sorte que, ma vie ayant toujours lâché
Pour l'amour dans lequel on ne peut se connaître
L'amitié dans laquelle on se connaît peut-être,
Je mourrai sans avoir un seul être connu !

LE DIABLE.

Tu n'as rien vu ! Tu n'as rien su ! Tu n'as rien eu !

UNE OMBRE.

Pêcheur qui veux la perle et qui jamais ne plonges,
Tu n'as eu que ce qu'on a vite...

DON JUAN.

Vos mensonges !

UNE AUTRE OMBRE.

Depuis quand est-ce la vérité qu'il vous faut ?
Mais la Femme, quand l'Homme a dit le premier mot,
Connaît dans quel mensonge il veut qu'elle l'embarque !

UNE AUTRE.

Tu voulais un bas bleu : j'ai parlé de Pétrarque.

UNE AUTRE.

La femme étrange étant ton désir du moment,
J'eus ce je ne sais quoi qu'on fait je sais comment.

UNE AUTRE.

Je vis que vous cherchiez la pecque de province :
Et j'avalai ma bouche afin qu'elle fût mince.

UNE AUTRE.

Sentant qu'il vous fallait qu'un bonheur fût flétri,
Je souris devant vous un soir à mon mari.

UNE AUTRE.

Car l'homme ayant créé les Agnès, les Omphale,
Être femme consiste à resservir au mâle,
A l'heure où le désir ne le rend pas malin,
L'éternel féminin, ouvrage masculin !

LE DIABLE.

Donc, tu n'as fréquenté que quelques logogriphes...
Et je peux t'emporter maintenant !

DON JUAN.

Bas les griffes !
Avaient-ils moins conquis les Indes, mes aïeux,
Parce que les Indiens restaient mystérieux ?

LE DIABLE.

Donc, posséder ?...

DON JUAN.

C'est dominer. Mon énergie
A satisfait l'esprit que la théologie
Appelle l'esprit de... de...

LE DIABLE.

De principauté.

DON JUAN.

J'ai dominé, ceci ne peut plus m'être ôté.
Prince en qui Machiavel à l'Arétin s'allie...

LE DIABLE.

Ce que c'est que d'avoir passé par l'Italie!
Bon petit Andalou sensuel et léger,
Comme tu t'encombras, en croyant voyager,
De ce que chaque peuple ajoute à la luxure!

DON JUAN.

J'ai corrompu.

LE DIABLE.

C'est là ta gloire la plus sûre?

Aux Ombres.

Quand eûtes-vous du crime un désir conscient?

LES OMBRES.

Le premier jour! — Le premier soir! — En te voyant!

— Avant de t'avoir vu j'en avais eu l'idée.
— C'est quand je t'eus choisi que tu m'as regardée.

DON JUAN.

Il est des vierges...

LE DIABLE.

Oui, l'on nomme ainsi, je sais,
Celles qui font leur choix avec les yeux baissés.

DON JUAN, bondissant vers les Ombres.

Mais je vous séduisis!

UNE OMBRE.

Quand nous t'y décidâmes!

DON JUAN.

Par?...

UNE AUTRE OMBRE.

Le signe.

PLUSIEURS.

Le signe.

DON JUAN.

Il est de grandes dames...

UNE AUTRE OMBRE.

Ce sont celles qui font le geste plus petit!

DON JUAN.

Mais...

LES OMBRES.

Souviens-toi : tout ! — Rien !... — Un flacon trop senti !..
— Une fleur que l'on casse... — Un enfant qu'on embrasse...
— Un rire qui s'espace...

LE DIABLE.

— Un silence où je passe...

DON JUAN.

Mais alors ?...

LES OMBRES.

Souviens-toi !

DON JUAN.

Non, c'est faux ! vous mentez !

UNE OMBRE.

Tu nous as fièrement dicté nos volontés !

DON JUAN.

Il est des Cendrillons à la fuite éperdue...

UNE OMBRE.

Avec, toujours, un peu de pantoufle perdue !

UNE AUTRE.

Tes échelles, Don Juan, ne seraient-elles pas
Des toiles d'araignée auxquelles tu grimpas?

DON JUAN, avec un rire amer.

Quoi! j'ai passé ma vie?...

LE DIABLE.

A croire t'introduire
Dans des cœurs où je t'attendais...

DON JUAN.

Alors, séduire?

LE DIABLE.

« Oh! comme j'ai séduit l'aimant! » se dit le fer.

UNE AUTRE.

Vous n'êtes que celui qu'on s'est le plus offert!

UNE AUTRE.

Qu'on se passe en riant!

UNE AUTRE.

Où donc est-il? Un gage!

DON JUAN.

Je me suis cru le loup de la forêt sauvage,
Et je n'étais que le furet du Bois-Joli!

TOUTES LES OMBRES chantant autour de Don Juan.

Il court, il court, le furet,
Le furet du bois, mesdames!...
Il court, il court, le furet,
Le furet du Bois-Joli!

LE DIABLE, tapant de son archet sur le cœur d'un fantôme.

Il a passé par ici!

Sur le cœur d'un autre.

Il repassera par là!...

Et se jetant brusquement sur Don Juan :

Et je t'emporte, dupe, humilié, modeste...

DON JUAN, se dégageant.

Pas encore!

LE DIABLE, reculant et le regardant.

Il te reste un orgueil?

DON JUAN, s'adossant, les bras croisés, au haut fauteuil.

Il me reste...

LE DIABLE.

Ah! tu veux te reprendre?

DON JUAN.

Ah! tu veux me nier?

Il chancelle, passe la main sur son front en sueur et se dit tout bas :

C'est ici mon plus grand duel.

LE DIABLE.

Et le dernier!

Quel est cet orgueil neuf?

DON JUAN.

Celui du fer!

LE DIABLE.

Qu'on lime!

DON JUAN.

Qui sent qu'il doit avoir quelque vertu sublime
Pour qu'à tous les métaux l'ait préféré l'aimant!

LE DIABLE, redevenu doux.

Donc, il te reste d'avoir plu?

DON JUAN.

Terriblement!

Comment veux-tu qu'au doute un être s'abandonne
Qui sent sa profondeur au vertige qu'il donne?
Plaire est le plus grand don pour l'homme!

LE DIABLE.

Chi lo sa?

Le dédain d'une sotte a créé Spinoza,
Et c'est son nez cassé qui nous vaut Michel-Ange!

DON JUAN.

Plaire est le plus grand signe, et c'est le plus étrange.

LE DIABLE.

Demande-leur pourquoi tu leur plaisais...

DON JUAN, à une Ombre.

Vous?

L'OMBRE, s'avançant avec un petit rire.

Moi?

DON JUAN, tout d'un coup.

Non! Peut-être il vaut mieux ne pas savoir pourquoi!

LE DIABLE, la main déjà sur lui.

Ah! tu trembles?

DON JUAN, à l'Ombre.

Parlez.

L'OMBRE.

Pour un parfum...

DON JUAN.

D'abîme?

L'OMBRE.

De tabac blond, d'alcôve et de salle d'escrime.

UNE AUTRE.

Pour les raisons qui font qu'aux hommes tu déplus.

UNE AUTRE.

Parce que c'est de toi que l'on rougit le plus.

UNE AUTRE.

A cause que la femme est ton métier.

UNE AUTRE.

A cause
Qu'on ne te sent jamais occupé d'autre chose.

UNE AUTRE.

Pour l'orgueil d'affronter tant de comparaisons.

UNE AUTRE.

Pour ton affreuse habileté.

PLUSIEURS AUTRES.

Pour les façons
Dont tu décoiffes! — Dont tu mens! — Dont tu rhabilles!

UNE AUTRE, *d'une voix sombre.*

Car la femme a Don Juan comme l'homme a les filles!

LE DIABLE.

Eh bien, s'il peut suffire, au moment que l'on meurt,
D'avoir, Prince Charmant, été ce vil charmeur,
Si cette gloire-là te plaît...

DON JUAN.

Je la déteste!

LE DIABLE.

Que te reste-t-il donc?

DON JUAN.

Il me reste... il me reste...
Ah! je sens qu'on va tout m'arracher peu à peu!

LE DIABLE.

Avant de le rôtir je plume l'Oiseau Bleu!

DON JUAN.

Il me reste l'intrépidité. Je me moque
De tout, et qu'on m'ait pris pour un être équivoque :
Je sais le secoueur de torche que j'étais.
C'est vous qui me preniez, c'est moi qui vous quittais!

LES OMBRES.

Il a passé par ici,
Il repassera par là !

DON JUAN.

Il ne repasse pas, celui qui se surpasse
En s'arrachant sans cesse à l'habitude basse,
Et qui, n'obéissant jamais qu'à son instinct,
Fait dangereusement bondir un grand destin
Par-dessus toutes les morales sottisières !
Crois-tu que, transgresseur de toutes les lisières,
J'ai bien couru ma vie, hein ! sans règle et sans loi...

LE DIABLE.

Je crois que tu lis trop ce qu'on écrit sur toi !

DON JUAN.

Et que j'ai bien fourni pendant dix ans de suite
Cette course en avant...

LE DIABLE.

Qui n'était qu'une fuite !

DON JUAN.

Moi, peur ?

LE DIABLE.

De t'arrêter, oui !

DON JUAN.

Peur ?

LE DIABLE.

D'aimer un jour !
Le héros de l'amour fuyait devant l'amour !

DON JUAN.

Peur ?

LE DIABLE.

D'être le premier au rendez-vous.

UNE OMBRE.

D'attendre.

DON JUAN.

Moi, l'insolent joyeux !...

UNE AUTRE.

Qui tremblait d'être tendre !

DON JUAN.

Qui chantait dans l'amour !

UNE AUTRE.

Comme on siffle la nuit !

UNE AUTRE, de plus en plus haut.

Vous avez fui de femme en femme, comme on fuit
D'arbre en arbre devant un archer qu'on redoute !

UNE AUTRE, d'une voix aiguë.

De chaque nouveau corps rencontré sur sa route
Il s'est fait un rempart contre quelque ancien cœur !

UNE AUTRE.

Il avait peur !

TOUTES, criant.

Il avait peur !

UNE AUTRE, gravement.

De la douleur !

UNE AUTRE.

Du ciseau de douleur que, pour sculpter son âme,
L'homme a presque le droit d'exiger de la femme !

UNE AUTRE.

Lâche, qui promenas sous le ciel escroqué
La honte d'une tempe où rien ne s'est marqué !

TOUTES.

Lâche !

DON JUAN, montrant le poing aux Ombres.

Oui, vous m'insultez, folles et rancunières
De n'avoir jamais pu vous enfuir les premières !

LE DIABLE, abattant la main sur son épaule.

Donc, c'est cela qui fut ta surhumanité :
Savoir fuir le premier ?

DON JUAN, se redressant.

Non.

LE DIABLE.

Qu'as-tu donc été ?

DON JUAN.

Oh !

LE DIABLE, le secouant dans un rire de triomphe.

Dans quel sens vas-tu sur toi-même te tordre
Pour trouver un destin où ne fut qu'un désordre ?
Cherche ! Il n'y a plus rien qui te reste ?

DON JUAN, essayant de se redresser.

Il y a...

LE DIABLE, ironique

Bataille encor ?

DON JUAN, se remettant debout, avec désespoir.

Bataille !

LE DIABLE, froidement.

En grec, *Agonia!*

DON JUAN, se redressant.

Mon agonie empoigne une fi ,rté nouvelle.

LE DIABLE, souriant.

Tu changes de bâton comme Polichinelle !

DON JUAN.

Il y a que je fus toujours, férocement,
L'homme qui prend la femme à l'autre homme : l'amant
Je n'ai jamais pâli quand on nommait un homme !

LE DIABLE.

Pour te faire pâlir, il suffit que l'on nomme...

DON JUAN.

Qui?

LA MOITIÉ DES OMBRES.

Roméo !

L'AUTRE MOITIÉ.

Tristan !

DON JUAN.

Ah! taisez-vous!

LES OMBRES, à droite.

Tristan!

LES OMBRES, à gauche.

Roméo!

UNE OMBRE.

Les amants, c'est eux! Toi, profitant
Des langueurs par ces noms dans nos âmes laissées,
Maraudeur, tu n'as fait qu'achever des blessées!

DON JUAN.

Ce n'est pas vrai! Mon nom est dans vos souvenirs...

UNE OMBRE.

Le nom de nos baisers, mais pas de nos soupirs!

DON JUAN.

Oh!

LES OMBRES.

Roméo! — Tristan!

UNE OMBRE.

Ah! même lorsqu'on t'aime,
C'est eux qui sont les dieux, car c'est eux qu'on blasphème!

LES OMBRES.

Roméo !

UNE OMBRE.

Va ! poursuis le rival immortel !

LES OMBRES.

Tristan !

UNE OMBRE.

Tu ne peux pas les tuer en duel,
Ceux-là !

DON JUAN.

Vous tairez-vous ?

UNE OMBRE.

Leur gloire t'importune !
Tu n'as eu que toutes les femmes, — mais pas une !

DON JUAN.

Mais j'ai, du moins, — ceci ne peut pas m'être pris, —
Fait les femmes souffrir...

LE DIABLE.

Où tu n'as rien compris !

DON JUAN.

Bah! qu'importe? Comme Attila les paysages,
J'ai, sans les déchiffrer, ravagé les visages!
Du plus puissant des dieux je reste le fléau!
Hein! c'est plus que Tristan? c'est plus que Roméo?
L'amour, c'est l'un qui souffre et l'autre qui regarde,
Et je fus toujours l'autre, et, cela, je le garde!
Voir pleurer d'un œil froid!

LE DIABLE.

Ce que c'est que d'avoir
Passé par l'Angleterre!

DON JUAN.

On compte son pouvoir.

LE DIABLE.

Fais la quête!

DON JUAN.

Comment?

LE DIABLE, [prenant sur la table une coupe et la lui tendant.]

Prends cette frêle vasque.
Chaque spectre d'amour porte, au coin de son masque,
Ce soir, comme un bijou, son plus grand pleur durci :
Quête, et l'on entendra dans la coupe...

DON JUAN, quêtant.

Merci.

LE DIABLE.

...Le pleur cristallisé tinter comme une offrande.

DON JUAN.

Pour l'âme de Don Juan! Le Diable vous le rende!
Merci!

LE DIABLE.

Pour abréger, larmes...

DON JUAN.

Merci beaucoup!

LE DIABLE.

Venez toutes tomber dans la coupe d'un coup!

DON JUAN.

Merci! — La coupe est pleine! Elle étincelle! Lune,
Ma vieille associée, argente ma fortune!
J'ai tiré tout cela des femmes!

Parlant aux pleurs.

Tu souffrais?

Tu souffrais?

[Au Diable.]

Dans l'enfer ces pleurs me tiendront frais!
C'est pour moi qu'il y eut tout cela sur des joues!

LE DIABLE.

Donc, c'est avec cela, maintenant, que tu joues?

DON JUAN.

Que je gagne, Démon! Pour ceux de ton métier,
Une coupe de pleurs c'est presque un bénitier!

LE DIABLE.

Oui... le Diable se brûle en touchant une larme.

Il fouille dans les poches de son grand habit.

Mais j'ai sur moi...

Il sort une lentille énorme montée d'acier noir.

DON JUAN.

Quoi donc?

LE DIABLE.

La loupe. C'est mon arme.

Il se met à ranger les pleurs sur la table.

Nous mettrons là les vrais, les purs, les sans défauts;
Et là, les faux.

DON JUAN, sursautant.

Comment, les faux?

LE DIABLE, poussant les pleurs avec sa loupe.

Faux. Faux. Faux. Faux

DON JUAN.

Et ça?

LE DIABLE.

Ça, c'est un pleur qu'un retour improviste
Aurait trouvé riant avec sa camériste.

DON JUAN.

Ce gros-là?

LE DIABLE.

Fut versé pour un chapeau manqué;
Mais par un virement on te l'a rappliqué.

DON JUAN.

Ces deux larmes si longues?...

LE DIABLE.

Peuh!...

DON JUAN.

Tu le décrètes!

Il en saisit une tout d'un coup.

Ah!... quelles sont les plus limpides?

LE DIABLE.

Les secrètes!

DON JUAN, lui montrant celle qu'il tient.

Une secrète, tiens!

LE DIABLE.

Non. Je peux la toucher.
C'est une qu'on a fait semblant de te cacher.
D'où vient que tous ces pleurs, ceux même où souffre une âme,
Je les touche?...

UNE OMBRE.

C'est qu'ils étaient dans le programme.

DON JUAN.

Hein?

L'OMBRE.

Quand on prend Don Juan, mon cher, c'est pour s'offrir
Le luxe de savoir comment il fait souffrir!

UNE AUTRE.

Et le goût que prendront nos larmes sur sa bouche!

UNE AUTRE.

Il n'est pas étonnant que le Diable les touche,
Des pleurs où le plaisir entre pour un carat!

UNE AUTRE.

Les larmes qu'on voulut qu'un cruel nous tirât,
Ce sont des larmes...

DON JUAN.

Qu'on dévore !

UNE OMBRE.

Qu'on déguste !

LE DIABLE.

Ovide savait ça déjà du temps d'Auguste !

UNE AUTRE.

Sur le programme, avec les bonbons et les fleurs...

LE DIABLE.

Des pleurs dont on jouit ne sont pas de vrais pleurs !
— Eh bien, te reste-t-il quelque sceptre de paille ?
Cherche ! cherche !

DON JUAN.

Ce cri répété qui me fouaille
Me l'apprend, quelle fut ma grandeur : j'ai cherché !
J'étais celui qui croit qu'un trésor est caché,
Qu'une fleur bleue existe au haut d'une montagne...

LE DIABLE.

Ce que c'est que d'avoir passé par l'Allemagne !

DON JUAN.

Mais quand on trouve, c'est qu'on n'avait pas rêvé !

LE DIABLE.

Donc, ce fut ta grandeur de n'avoir pas trouvé?

DON JUAN.

Oui.

LE DIABLE

Ay!

DON JUAN.

Qu'est-ce?

LE DIABLE.

En posant la main sur cette table,
Je viens de me brûler...

DON JUAN.

Oh!

LE DIABLE.

Elle est véritable!

DON JUAN.

Qu'est-ce que c'est que ça?

LE DIABLE.

C'est une larme, ça!

DON JUAN.

Oh! de blancheur, toi-même, elle t'éclaboussa!

LE DIABLE.

Viens la voir!

[Tous deux se penchent sur la larme.]

Pour Rembrandt, hein, quel sujet de toile :
Deux profils de damnés penchés sur une étoile!

DON JUAN.

Une femme aurait pu laisser tomber?...

UNE VOIX, qui est celle de l'Ombre Blanche.

Oui!

DON JUAN.

Bah!

Un fantôme plus blanc et plus argenté s'avance en glissant.

L'OMBRE BLANCHE.

Celle qui comme un pleur elle-même tomba!

DON JUAN.

Comme un pleur?

L'OMBRE BLANCHE.

De pitié.

DON JUAN.

Sur ta vertu qu'on froisse?

L'OMBRE BLANCHE.

Non. Sur ton angoisse.

DON JUAN.

Ah?

L'OMBRE BLANCHE.

Car tu n'es qu'une angoisse!
Une angoisse, malgré l'orgueil que tu cabras,
Une angoisse qui veut autour d'elle des bras!

DON JUAN.

Qui donc es-tu, qui mets un astre sur ta faute?

L'OMBRE BLANCHE.

Je suis celle qui dit ce qu'elle est à voix haute.

DON JUAN.

Ton esprit?

L'OMBRE BLANCHE.

C'est mon cœur!

DON JUAN.

Ton âme?

L'OMBRE BLANCHE.

C'est mon cœur!

DON JUAN.

Tes sens?

L'OMBRE BLANCHE.

C'était mon cœur!

DON JUAN.

Quel est ton nom, Blancheur?

L'OMBRE BLANCHE.

Je suis celle qui dit son nom, mais à voix basse.

Elle murmure un nom à l'oreille de Don Juan.

DON JUAN.

Je ne me souviens pas de ce nom plein de grâce.

L'OMBRE BLANCHE.

Je suis celle qui se démasque simplement.

[Elle ôte son masque]

DON JUAN.

Je ne reconnais pas ce visage charmant.
Tu t'es donnée à moi?

L'OMBRE BLANCHE.

Quand tu m'as désirée.

DON JUAN, cherchant, la main sur le front.

Quel jour? Dans quel pays?

Il fouille machinalement dans son pourpoint.

Ma liste est déchirée!

LE DIABLE, souriant.

J'en ai toujours un fac-similé...

Il a tiré vivement d'une de ses poches un étrange portefeuille, d'où ses longs doigts cueillent une autre liste qu'il présente avec grâce à Don Juan.

DON JUAN, saisissant la liste.

Donne!

Il se met à chercher.

Non?

Non?... Je l'ai rencontrée... Elle existe... et son nom?

LE DIABLE.

Cherche!

DON JUAN, avec une nervosité croissante.

Son nom... son nom... son nom... Ah! que c'est triste!
C'est le seul que je n'ai pas écrit sur la liste!

LE DIABLE.

Tu n'en oublias qu'une...

DON JUAN, à l'Ombre blanche.

Et c'est toi!

L'OMBRE BLANCHE.

Que veux-tu!...

LE DIABLE.

Chercheur qui trouves sans savoir, t'ai-je abattu?

DON JUAN.

J'ai calligraphié les noms des moindres folles,
Et... Mais quand tous ces noms devenaient des gondoles,
De quoi donc es-tu née, alors, au flot tremblant?

L'OMBRE BLANCHE.

La liste déchirée avait un morceau blanc!

DON JUAN, se relevant tout à coup.

Mais je n'ai laissé fuir — est-ce de quoi m'abattre? —
L'Idéal qu'une fois, du moins, sur mille et quatre!

L'OMBRE BLANCHE, qui s'est mêlée à la foule des Ombres à gauche.

Qu'une fois?

DON JUAN.

Elle a fui.

L'OMBRE BLANCHE, passant à droite.

Qu'une fois?

DON JUAN.

Tiens! sa voix
S'éloigne?... Où donc es-tu?... Pourquoi donc...

L'OMBRE BLANCHE.

Qu'une fois?

DON JUAN.

...M'obliger, comme on suit d'arbre en arbre un bruit d'ailes,
A poursuivre ta voix de femme en femme?

L'OMBRE BLANCHE.

Pour
T'apprendre...

DON JUAN.

Où donc es-tu?

L'OMBRE BLANCHE, reparaissant.

...Que dans chacune d'elles
Tu m'aurais pu trouver avec un peu d'amour!

DON JUAN, la saisissant.

Tu n'existais qu'en une!

L'OMBRE BLANCHE.

Et j'attendais dans toutes!
Et tu passas ta vie à passer à côté!
Car notre cœur ne bat que lorsque tu l'écoutes,

Et tu dormais sur lui sans l'avoir écouté!
Tu l'aurais fait jaillir, la compagne suprême,
De chacune de nous, peut-être, en essayant...

D'AUTRES OMBRES.

Et de moi-même! — Et de moi-même! — Et de moi-même!

L'OMBRE BLANCHE.

Elle était dans chacune...

DON JUAN.

Oh! non!

L'OMBRE BLANCHE, tristement.

Si!

TOUTES LES OMBRES.

Si, Don Juan!

DON JUAN.

Quel immense sanglot, submergeant leur rancune,
Fait se tendre vers moi des bras à l'infini?

DES OMBRES.

Elle était dans chacune! — Elle était dans chacune!
— Don Johnny! — Don Johann! — Don Juan! — Don Giovanni

LE DIABLE.

Un attendrissement me reprendrait leur âme?
Debout, chiennes! rentrez dans votre haine! Holà!

Il redescend.

Comme l'Homme éternel et l'éternelle Femme
Se réconcilieraient si je n'étais pas là!

DON JUAN, à l'Ombre blanche.

J'aurais voulu t'aimer!

LE DIABLE.

Meurs, sachant qu'elle existe!

L'OMBRE BLANCHE.

Non! Tant que dans ce pleur une flamme persiste,
Don Juan peut essayer de se trouver un cœur!

LE DIABLE.

Cherche!... Et, s'il peut aimer, je ne suis pas vainqueur!

L'OMBRE BLANCHE.

Aime, fût ce un instant, l'ombre d'une maîtresse!
Prends ma tête dans tes deux mains, comme ceci,
Et dis : « Je veux tresser... je veux tresser... je tresse
« Tous les cheveux rêvés sur un seul front choisi! »

DON JUAN.

Je veux...

LE DIABLE.

Trop tard ! Tu fus trop longtemps l'adversaire.

L'OMBRE BLANCHE.

Dis : « Je m'offre à l'amour... » Serre-moi bien...

DON JUAN.

Je serre.

Et je m'offre à l'amour...

LE DIABLE.

Comme un bretteur trop fort

Qui parc malgré lui lorsqu'il cherche la mort !

DON JUAN.

Non ! je t'emporte enfin sur mon cœur plein de joie

Et fidèle !

TOUTES LES OMBRES, se démasquant.

Fidèle ?

DON JUAN.

Ah ! les masques de soie

Sont tombés ! Je vois les visages !

L'OMBRE BLANCHE.

Toutes ces
Figures que tu sais qui t'ont menti ?

DON JUAN.

Je sais
Que toutes m'ont menti, que toutes... Ah !...

LES OMBRES.

Fidèle ?

DON JUAN.

Si toutes m'ont menti, chacune est donc nouvelle !
Non, je n'ai plus de cœur pour une seule tant
Qu'un visage nouveau m'intrigue...

LES OMBRES.

Ah ! ah !

DON JUAN, à l'Ombre blanche.

Va-t'en !

Aux autres.

Mais ne triomphez pas, je demeure invincible !

LE DIABLE.

Donc, vous cherchiez pour ne pas trouver ?

DON JUAN.

C'est possible!
Car, si j'avais trouvé, je serais mort d'ennui.
Don Juan n'a rien cherché que la recherche et lui!
Moi, la femme n'était que mon prétexte, en somme!
Non, ne triomphez pas! Je vous ai prises comme,
Pour bondir au-dessus de soi-même plus beau,
On prend une arme, un thyrse, une coupe, un flambeau!

UNE OMBRE.

C'est le dernier orgueil dans lequel tu te glisses?

DON JUAN.

Oui! Vous n'avez été que mes exaltatrices!

UNE AUTRE.

Il se peut qu'en effet, Don Juan, nous le fussions :
Mais alors, qu'as-tu fait des exaltations?

DON JUAN.

Mais...

UNE AUTRE.

Si tu pris de nous tout ce que tu racontes,
Alors, Don Juan...

UNE AUTRE.

Alors, Don Juan, rends-nous des comptes !
Qu'as-tu fait de ce soir où l'orgueil t'étouffait
Quand tu sortais de ma gondole ?

UNE AUTRE.

Qu'as-tu fait
Des nuits où tu m'as dû ce délire lucide
Dans lequel il convient qu'un exploit se décide ?

TOUTES.

Rends-nous des comptes !

UNE OMBRE.

S'il est vrai que, grâce à moi,
Tu bondis au-dessus de toi-même, vers quoi ?
Qu'as-tu fait d'immortel avec une seconde ?

UNE AUTRE.

De quelle œuvre mes yeux font-ils une Joconde ?

DON JUAN.

Taisez-vous !

LE DIABLE.

Cette fois, c'est le son d'un vrai cri !

UNE AUTRE.

Dans quelle ode la rose a-t-elle refleuri
Qu'en partant, le matin, tu cueillais dans ma haie?

DON JUAN.

Ah! vous avez touché la plus secrète plaie!

UNE AUTRE

Quand prête à succomber, j'ai dit : « Où tu voudras! »
Quels drapeaux enlevés m'as-tu donnés pour draps?

DON JUAN.

Silence!

UNE OMBRE.

Et de notre belle heure de Sicile,
Qu'en as-tu fait de grand? de beau? de difficile?

LE DIABLE.

A longs coups de regret poignardez tour à tour
Ce cœur ambitieux détourné dans l'amour!

UNE OMBRE.

Les femmes t'ont aimé : de ce jardin suprême
Qu'on porte en soi sitôt que l'on sent qu'on vous aime,
Qu'as-tu fait, Boabdil gaspilleur d'Alhambras?

UNE AUTRE.

En voyant que toujours tu sortais de nos bras,
Les hommes t'ont haï : qu'as-tu fait de leur haine?

UNE AUTRE.

Qu'as-tu fait d'un baiser qui, puisque j'étais reine,
Aurait dû t'obliger à devenir un roi?

UNE AUTRE.

Qu'as-tu fait — car j'étais comédienne, moi, —
Des souffles respirés aux voiles des Électres?

TOUTES.

Don Juan! Don Juan!

DON JUAN.

Quelle est cette émeute de spectres?

LES OMBRES.

Si nous fûmes pour toi ces choses, en effet...

LE DIABLE.

Poignardez le César futile!

LES OMBRES.

... Qu'as-tu fait
Du thyrse? — du flambeau? — de la coupe? — de l'arme?

L'OMBRE BLANCHE.

Don Juan...

DON JUAN.

Et toi aussi !

L'OMBRE BLANCHE.

Qu'as-tu fait de ma larme?

DON JUAN.

Oui, ta larme sur mon angoisse avait raison.
Les cœurs ne savent pas tous les regrets qu'ils ont !
De tant d'occasions d'être grand, fort ou triste,
Je n'ai fait qu'une liste...

LE DIABLE.

A genoux sur sa liste !

LES OMBRES.

A genoux ! A genoux ! — Ah ! qu'il reste à genoux,
Pour avoir fait de nous, en ne voulant que nous,
La Femme qui jamais ne conduit qu'à la Femme !

DON JUAN.

J'ai froid !

UNE OMBRE.

Pour avoir fait, de l'amour qu'il diffame,
Un moment qui ne peut mener qu'à des moments !

DON JUAN.

Je ne me repens pas... Ah! quels sont ces tourments?
Et l'on dit un « Don Juan » pour nommer la victoire
Mais tout homme eut son jour! le jour où l'on peut croire
Que l'on se réalise, où l'on se dit : « Je suis! »
Je n'ai pas eu mon jour!

LE DIABLE.

Tu n'as eu que leurs nuits!

DON JUAN.

Ah! Don Juan!... Ce n'est pas qu'au moins je me repente...
Mais Don Juan, c'est Don Juan d'Autriche après Lépante!
Pourquoi, devant la mort, veut-on se souvenir
D'une action qui vous rattache à l'avenir?
Je ne me repens pas... Quels sont ces feux étranges?...
Aimes-tu donc la vie au point que tu la venges,
Mort! et doit-il mourir, le coureur renversé,
Brûlé par le flambeau qu'il n'a pas repassé!

LE DIABLE.

Eh bien, le ver est-il dans tous les fruits de l'arbre?

DON JUAN.

Ah! si la volonté sculpte des fruits de marbre,
Si l'on peut, en faisant quelque chose de beau,
Vaincre le ver du fruit et le ver du tombeau!...

LE DIABLE.

Eh bien, vous suffit-il, pendant qu'on agonise,
D'avoir sur ses reflets vécu comme Venise?

DON JUAN.

Non! au moment qu'on meurt il faut avoir créé.
Tu ne peux pas savoir ce que je souffre

LE DIABLE.

Hé! hé!

DON JUAN.

Oh! que rien de vivant de mon souffle ne vienne!
La connais-tu, cette souffrance?

LE DIABLE.

C'est la mienne!
C'est ça, l'enfer. Aucun créateur n'est là-bas.

DON JUAN.

Tu me plains?

LE DIABLE.

Je comprends. Plaindre, je ne peux pas.

[Voulant entraîner Don Juan.]

Allons! viens, viens! Tu es de ceux dont rien ne reste,
Pas un mot! pas un geste!

DON JUAN.

Ah ! si, quand même, un geste !
Un mot ! Le fameux mot et le geste par quoi
J'annonçai la tempête au siècle ! Souviens-toi
Qu'un jour où, mon manteau jeté sur mon visage,
Je fuyais les sergents au fond d'un paysage,
J'ai rencontré le Pauvre...

LE DIABLE

Oui, parlons-en un peu.

DON JUAN.

Il demandait un sou pour l'amour de son Dieu,
Et j'ai dit, lui faisant d'un louis d'or l'aumône,
Ce mot qui mit du feu dans cette pièce jaune :
« Pour l'amour de l'humanité ! »

LE DIABLE.

L'humanité !

DON JUAN.

J'ai, le premier, ce mot dans l'histoire jeté !

LE DIABLE.

Ce que c'est que d'avoir passé par la France !

DON JUAN.

Ouvre
Ta griffe! Mon destin, cette fois, se découvre.
L'avenir me devra quelque chose, je crois.
C'est moi qui, rencontrant le Pauvre au coin d'un bois,
L'ai détroussé de sa résignation! Place!
Des libertins la Liberté tient son audace!
Je n'ai pas vainement vécu. Je peux aller
Le retrouver, ce Pauvre!

LE DIABLE.

Ose donc lui parler!

[Le Pauvre apparaît.]

SCÈNE II

DON JUAN, LE DIABLE, LES MILLE ET TROIS OMBRES, L'OMBRE BLANCHE, LE PAUVRE

DON JUAN.

Mon or luit dans sa main qu'il semble encor me tendre...
Spectre, que me veux-tu?

LE PAUVRE.

Ça, d'abord : vous le rendre!

[Il lui jette à la tête sa pièce d'or.]

DON JUAN, chancelant, blessé au front.

Ah!

LE DIABLE.

Tu devais périr de cette aumône-là!

DON JUAN, au Pauvre qui marche silencieusement vers lui, les mains ouvertes.

Mais je veux t'expliquer... La liberté ..

LE PAUVRE, levant son énorme main.

Holà!

C'est un souci trop grand qui soudain vous occupe.

DON JUAN.

Le Peuple...

LE PAUVRE.

Non, Don Juan, pas plus haut que la jupe!

DON JUAN.

Mais l'avenir...

LE DIABLE, au Pauvre.

Etouffe au gosier du menteur
Le couplet social et revendicateur!
Ah! ah! les débauchés finiraient en apôtres?

DON JUAN.

Je me suis révolté, pourtant!

LE PAUVRE.

Pas pour les autres!

DON JUAN.

Tu ne vas pas?...

LE PAUVRE.

Je vais t'étrangler, pour avoir
Osé souiller les mots dont se sert notre espoir!

DON JUAN.

Le second Commandeur qui retrousse ses manches?

LE PAUVRE.

Le premier Commandeur avait les mains trop blanches
Pour tuer le héros de ceux qui ne font rien!

DON JUAN.

Écoute-moi, je peux te servir, Plébéien!
Je peux...

L'OMBRE BLANCHE.

Oh! tant qu'il reste en ce pleur une flamme,
Don Juan peut essayer de se trouver une âme...

LE DIABLE.

Fais vite, il va s'éteindre!

DON JUAN.

Oui, j'ai l'audace...

LE PAUVRE, ricanant.

Ah?

DON JUAN.

La
Ruse ..

LE PAUVRE.

Ah?

DON JUAN.

L'œil d'un chef...

LE PAUVRE.

Ah?

DON JUAN.

L'esprit destructeur...

LE PAUVRE.

Ah?

DON JUAN.

Et puis, s'il faut du sang...

LE PAUVRE, tout à coup sérieux et terrible.

Il se peut qu'il en faille!

DON JUAN.

Je peux commettre...

TOUTES LES OMBRES, rejetant leurs manteaux.

Un crime?

DON JUAN.

Ah! les manteaux de faille
Tombent!... Je disais...

LE DIABLE.

Cherche!

DON JUAN.

Ah! vous m'en empêchez!

LE PAUVRE.

Tu parlais de commettre?...

LES FEMMES.

Un crime?

DON JUAN.

Ah! des péchés!
Je ne peux plus songer à servir une cause
Tant qu'une épaule est blonde et qu'une gorge est rose!
Tuez-moi!

LE DIABLE.

Rien ne pousse où le bouc a brouté.
Voilà le fond. Le reste était surajouté.
J'imprime le sabot de corne à ton front pâle.

DON JUAN.

Ah! laissez-moi bramer la souffrance du mâle!
Ah! qu'il faille toujours tout trahir pour cela!
Ceux qui pouvaient chercher autre chose! Il y a
Autre chose, pourtant, à chercher sur la terre!
Ah! que, pour usurper la place du mystère,
Il suffise à la chair d'un peu de voile autour!
Qu'un grand cœur qui pouvait nourrir un grand vautour

Devienne le repas du moineau de Lesbie!
Qu'on me tue! ou, repris par ma morne lubie,
De ces ombres encor mendiant le frisson,
J'y retourne comme le chien retourne à son...

LE DIABLE.

T'ai-je décortiqué de ta dernière écorce?
La voilà, cette intelligence!...

DON JUAN.

Ah!

LE DIABLE.

Cette force!

DON JUAN.

Ah!

LE DIABLE.

Cette volonté!

DON JUAN.

Ah!

LE DIABLE.

Cette liberté!
Tu sais le mot que Polichinelle a jeté?

DON JUAN.

Tais-toi!

LA VOIX DE POLICHINELLE, au fond.

La paillardise !

DON JUAN.

Ah ! c'était bien la peine
De se croire un des fronts de l'insolence humaine
Pour que le dernier mot reste à Pulcinella !

L'OMBRE BLANCHE.

Ah ! il y eut pourtant un peu plus que cela.
Il cache par orgueil son excuse suprême...

DON JUAN.

Pas d'excuse !

L'OMBRE BLANCHE.

Il n'a pu s'entendre avec lui-même :
Ceux qui ne s'aiment pas ont besoin d'être aimés.

DON JUAN.

Pas d'excuse ! Je meurs, du moins, les poings fermés,
Sans t'avoir supplié !... L'Enfer ! J'en suis avide !

LE DIABLE, au Pauvre.

Traîne-moi jusqu'ici ce beau costume vide
Où chacun glissera son rêve...

DON JUAN

Hein?

LE DIABLE.

Tu vas voir
Quel drôle de petit enfer tu vas avoir!

DON JUAN.

L'enfer des monstres... de Néron... d'Héliogabale?

LE DIABLE.

Non! un petit enfer de toile qu'on trimbale.

DON JUAN.

Le guignol?... Je veux être un damné!

LE DIABLE.

Tu seras
Une marionnette, et tu ressasseras
L'adultère éternel dans un carré bleuâtre.

DON JUAN.

Grâce! l'éternel feu!

LE DIABLE.

Non! l'éternel théâtre!

DON JUAN.

Je ne veux pas...

LE DIABLE, au Pauvre.

Viens sur le sac me l'étrangler!

DON JUAN, [se débattant entre les mains du Pauvre.]

... Aller dans le guignol... Je ne veux pas aller...

LE DIABLE, à Don Juan.

Viens aux doigts des montreurs abdiquer ta personne!

DON JUAN.

Dans le guignol!

LE DIABLE.

Nous commençons! La cloche sonne!
Asseyez-vous, toutes les femmes, sur le sol!

LE PAUVRE.

Allons!

DON JUAN.

Je ne veux pas aller dans le guignol!

LE DIABLE, au Pauvre.

Traîne-le jusqu'ici!

DON JUAN.

Non, pas cette guérite!
Le grand cercle de feu que mon orgueil mérite!

LE PAUVRE.

Allons!

DON JUAN.

Je veux souffrir! Je n'ai jamais souffert!
J'ai gagné mon enfer! J'ai droit à mon enfer!

LE DIABLE.

L'enfer est où je veux, c'est moi qui le situe :
Certains hommes fameux le font dans leur statue;
Tu le feras dans ton pantin!

DON JUAN.

En te bravant,
Du moins! Le marbre est mort, le pantin est vivant!
Il faudra là-dedans, quand même...

LE DIABLE.

Que tu brilles?

DON JUAN.

Oui, je les ferai rire encor...

LE DIABLE.

Qui donc?

DON JUAN.

Les filles!
Je les amuserai sous les yeux des parents!

L'OMBRE BLANCHE.

Toi qui pouvais remplir les destins les plus grands!

DON JUAN.

Je chanterai, frappant d'un bâton des poupées...

L'OMBRE BLANCHE.

Toi qui pouvais tenir les plus grandes épées!

DON JUAN.

Je chanterai : « C'est moi... »

L'OMBRE BLANCHE

Ah! ma larme s'éteint!

DON JUAN.

« C'est moi le fameux Burl... »

LE PAUVRE, [le poussant dans le guignol.]

Assez!

LE DIABLE.

Sois donc pantin,
Homme qui veux te recréer à mon image!

DON JUAN, [apparaissant dans le guignol, en marionnette.]

« Le fameux Burlador!... Burlador... »

L'OMBRE BLANCHE, [avec un désespoir infini.]

Quel dommage!

IMPRIMÉ

PAR

PHILIPPE RENOUARD

19, rue des Saints-Pères, 19

PARIS

THÉATRE D'EDMOND ROSTAND

LES ROMANESQUES
COMÉDIE EN TROIS ACTES, EN VERS
REPRÉSENTÉE SUR LA SCÈNE DE LA COMÉDIE-FRANÇAISE

LA PRINCESSE LOINTAINE
PIÈCE EN QUATRE ACTES, EN VERS
REPRÉSENTÉE SUR LE THÉATRE DE LA RENAISSANCE

LA SAMARITAINE
ÉVANGILE EN TROIS TABLEAUX, EN VERS
REPRÉSENTÉ SUR LE THÉATRE DE LA RENAISSANCE

CYRANO DE BERGERAC
COMÉDIE HÉROÏQUE EN CINQ ACTES, EN VERS
REPRÉSENTÉE SUR LE THÉATRE DE LA PORTE-SAINT-MARTIN

L'AIGLON
DRAME EN SIX ACTES, EN VERS
REPRÉSENTÉ SUR LE THÉATRE SARAH-BERNHARDT

CHANTECLER
PIÈCE EN QUATRE ACTES, EN VERS
REPRÉSENTÉE SUR LE THÉATRE DE LA PORTE-SAINT-MARTIN

LA DERNIÈRE NUIT DE DON JUAN
POÈME DRAMATIQUE EN DEUX PARTIES ET UN PROLOGUE

LES MUSARDISES (1887-1893)
Édition nouvelle comprenant de nombreuses Poésies inédites
I. LA CHAMBRE DE L'ÉTUDIANT. — II. INCERTITUDE. — III. LA MAISON DES PYRÉNÉES

LE VOL DE LA MARSEILLAISE

www.ingramcontent.com/pod-product-compliance
Lightning Source LLC
LaVergne TN
LVHW012012220826
846092LV00001B/322

* 9 7 8 2 3 2 9 1 8 0 0 3 8 *